Quête à rebours

Benoît Houssier

Quête à rebours

Un conte presque merveilleux

À mes proches et lointains

Aux liens qui nous unissent

Paix et amour

I

Ce jour là, un doute inhabituel planait dès le matin. Quelques brouillards avant-coureurs auraient pu m'alerter. Dès le lever du soleil, les cigales avaient commencé à chanter en mineur et les martinets striaient le ciel de leurs lancinantes plaintes, curieusement en sourdine pour une fois, et à reculons. Les saules balançaient mollement leurs branches dans l'air tiédi de l'aube, sans aucune conviction. L'atmosphère retenait son souffle et ne respirait qu'une fois sur deux, espérant tenir jusqu'au soir. La journée allait être longue et certains ne verraient sans doute pas le crépuscule. Le programme était simple : économiser chaque mouvement pour ne pas trop s'évaporer. Les plus malins savaient récupérer la sueur abondante des hommes et des rares plantes et bêtes, pour la distiller en eau potable, si précieuse en ces ères si rêches. La moindre parole pouvait assécher en un instant les poumons les plus aguerris.

L'air était brûlant déjà, quand j'estimai que le risque de perdre la vue, en ouvrant les yeux trop tôt, était passé. J'avais vu tant d'amis devenir aveugles, alors que leurs paupières n'avaient pas attendu que leurs yeux soient suffisamment embués ou couverts de masques protecteurs, pour éviter la dessiccation de la cornée, que je préférais toujours garder les miens fermés quelques minutes de plus. La peau de méduse ayant atteint des coûts exorbitants, mieux valait éviter la greffe. De toute façon, les chirurgiens honnêtes n'existaient plus et il n'était pas rare que ceux qui se faisaient opérer se réveillent médusés, sans cornée, plutôt qu'avec une greffe réussie.

Bref, j'ouvris un œil, puis l'autre, en constatant que je voyais encore des deux, et que rien n'avait changé depuis la veille. Tout était toasté. Les pierres semblaient cuire depuis un moment déjà, et la végétation prenait des teintes d'épinards bouillis. Le ciel blafard et chargé ternissait chaque chose. Depuis l'étouffement de la nature sur son lit de mort, lorsque les hommes lui avaient asséné le coup de grâce en lui enfonçant un tas de plastique dans la bouche, le nez et les oreilles, tout s'écaillait. Le ciel s'émiettait, faute de nuages, l'air trop sec se chargeait de poussières qui neigeaient en copeaux de plus en plus lourds. La desquamation était devenue la norme. Chacun était suivi par des lambeaux de peau jusqu'à ce que les chairs soient à vif. Ceux qui se retrouvaient dans cet état ne sortaient plus. Ne supportant le contact d'aucune combinaison, ils étaient condamnés à se tenir à l'abri des UV, et les rues avaient d'ailleurs tendance à se vider. De toute façon, bien qu'il n'y ait plus de problèmes de circulation depuis la fin des véhicules motorisés, cela restait difficile de se déplacer. À pied, les bottes ne suffisaient plus pour avancer dans l'épaisse couche de sol fondue mélangée à la poussière qui recouvrait tout. Un peu plus et on finirait comme à Pompéi.

En attendant, chacun se débrouillait comme il pouvait. Les déplacements étaient toujours une corvée. La chaleur étouffante rendait chaque geste pénible et tous ces efforts considérables n'étaient pas vraiment récompensés par les rares protéines qui se vendaient sous le manteau. Il restait cependant encore assez d'ingéniosité à certains dont les neurones n'étaient pas tout à fait grillés, pour développer d'originaux moyens de transport. Les plus hardis apprivoisaient des alligators ou des varans qu'ils chevauchaient fièrement en admirant leurs reflets dans les vitrines vides. D'autres attrapaient au vol les pattes des gros moustiques qui passaient à leur portée, puis se laissaient tomber quand ils approchaient de leur destination. Les accidents étaient nombreux forcément, mais la fatalité étant devenue la meilleure amie de l'instinct de survie, plus personne ne se souciait de la fin de son prochain, tant le présent avait pris le pas sur toute autre considération.

C'est dans cet environnement hostile que naquit un jour un petit d'homme comme tant d'autres, dans un squat miteux de basse ville. Sa mère évita que son père ne le mange sans partager avec ses frères et sœurs, prétextant que ce serait le dernier de leurs huit petits et qu'elle avait entendu dire qu'un container avait été retrouvé la veille. Il suffirait d'aller l'ouvrir pour se nourrir. La tribu l'avait crue et tous étaient partis dans la direction qu'elle leur avait indiquée, la laissant seule avec le nouveau né. Puis elle s'était enfuie sans se retourner, son enfant emballé contre son sein, et avait chevauché longtemps, au point de sentir les premières brûlures irriter ses bronches. Elle était déjà loin quand le père de l'enfant, revenant chez eux bredouille et constatant qu'elle était partie, avait hurlé : « J'vais les bouffeeeeer ! »

Ce soir, la fuyarde se tient devant moi dans ma grotte, son enfant planqué sous sa chasuble en graphène. Je les ai vus arriver de loin en fin d'après-midi. Je ne pensais pas revoir quelqu'un depuis le débordement du fleuve, survenu il y a dix ans quand il restait encore quelques réserves d'eau. Un barrage avait certainement lâché en amont et ce fut un carnage. Les épais flots de boue avaient tout raclé sur leur passage. De mon perchoir, j'avais assisté impuissant au désastre. J'habitais déjà dans cette caverne à flanc de falaise, en surplomb de la vallée. Une faille sur la colline permettait d'accéder à mon refuge. J'avais camouflé cette entrée et personne ne pouvait atteindre l'ouverture dans la roche. J'étais seul et je ne recevais jamais de visite.

Ma surprise fut donc de taille quand je vis cette femme traîner sa carcasse dans ma direction. Elle semblait au bout de sa vie. Elle s'effondra en arrivant, et je réussis à la réhydrater avec force tisanes. Hélas, l'effort considérable qu'elle avait fourni après l'accouchement pour éviter à son bébé une mort certaine, et venir échouer ici, l'avait épuisée. Elle succomba la nuit suivant son arrivée et je me retrouvais avec un marmot sur les bras. Si je n'avais pas été d'un autre âge, j'aurais pu le manger ou le vendre, mais j'avais des convictions d'un autre temps. Et même sans scrupule, il y a fort à parier que je n'aurais pas pu résister au regard de l'enfant. Rien à voir avec les yeux implorants que j'avais croisés jusqu'à présent. En effet, le regard le plus aimant qu'il m'ait été donné de contempler se posait sur moi. Je n'avais jamais rien vu d'aussi beau et je compris à cet instant que je ne rencontrerais aucune autre personne d'une telle qualité. J'étais captivé, admiratif, charmé. Ce bébé ne demandait rien, même pas à manger, mais je sentais qu'à partir d'aujourd'hui ma vie n'aurait plus qu'un but, le protéger.

Je n'étais pas au bout de mes surprises, et la première fut particulièrement inattendue : lorsque je voulus laver le bébé, je découvris que c'était une fille ! Je m'étais fait à l'idée d'avoir recueilli un garçon et je me trouvais encore plus désemparé face à ce petit corps vulnérable, en sachant combien il lui serait difficile statistiquement de survivre dans ce monde particulièrement sans pitié pour les êtres de son sexe. Pourtant, une voix me disait intérieurement, comme si l'enfant avait parlé : « T'inquiète pas, tout va bien se passer à présent », et je sentis un profond sentiment de paix et de force s'insinuer en moi. Cette enfant était visiblement différente des autres, et son destin exceptionnel allait désormais diriger le mien.

La première chose à faire était de se débarrasser du corps de sa mère car les mouches allaient vite le sentir et je n'avais aucune envie de me battre avec leur mètre cinquante d'envergure. Jusqu'à présent, j'avais réussi à ne pas me faire repérer et je ne tenais pas à ce qu'elles s'invitent dans mon antre. J'emballai donc le bébé sur mon torse et installais sa mère sur une couverture pour la traîner à l'extérieur. Profitant de la nuit, je sortis le plus discrètement possible en tirant mon fardeau hors de la faille. Une fois hissé à l'air libre - enfin façon de parler, je n'arrivais pas à me passer de ces anciennes expressions, alors que l'haleine de l'aube était déjà chargée des lourdes chaînes du désespoir - je tirai le cadavre le plus loin possible.

Je n'attendis pas les premiers UV pour retourner à l'abri et j'abandonnai le corps à son triste sort. J'avais déjà assisté à l'attaque des mouches sur un chien vivant, et le spectacle de leur acharnement sur une femme morte ne m'attirait vraiment pas. En outre, je préférais éviter à l'enfant d'entendre les bruits de succion des trompes des charognardes digérant goulûment sa mère. De toute façon, le bébé dormait paisiblement contre ma poitrine, et en m'éloignant, j'entendais le vrombissement de ces sales bêtes s'approcher, par l'odeur alléchées. Elles avaient de quoi s'occuper, mais je préférais ne pas m'attarder et rentrer au plus vite, d'autant que quelques prédateurs affamés, alertés par le vol des mouches ne manqueraient pas de venir voir ce qui les attirait et essaieraient de récupérer une part de cette manne inespérée. Je filai donc avant d'être vu.

Je consacrais les jours suivants à veiller sur l'enfant. Bien que j'aie peu à lui offrir à manger, elle grandissait à vue d'œil. Son regard, d'un bleu intense, était porté par des pommettes souriantes, et elle babillait joyeusement. Elle semblait comprendre quand je lui demandais de ne pas faire trop de bruit pour ne pas attirer l'attention des prédateurs, puis reprenait ses vocalises de plus en plus chantantes à un volume raisonnable. Je profitais qu'elle dormait pour chercher de quoi nous nourrir, et j'appréciais qu'elle se porte bien, malgré la frugalité de mes trouvailles.

J'avais des notions floues concernant le développement des petits, mais j'étais persuadé qu'un enfant ne marche pas avant un an. Or, au bout de quatre semaines, je la vis sortir à quatre pattes de la couchette que je lui avais aménagée et, s'approchant de moi, elle se dressa sur ses jambes en s'appuyant sur mes genoux. Elle répondit à mon air étonné par un grand sourire fier, accompagné d'un claironnant : « Babaaa ! »

Heureusement, j'étais assis ! Et je repris rapidement mes esprits. Je la portai triomphalement dans mes bras en répétant : « Bravo ! », mot qu'elle se mit à articuler pour le faire résonner en écho dans la grotte.

Le lendemain, alors que me venait l'idée qu'il faudrait songer à lui trouver un nom, je l'entendis distinctement articuler : « Angèle » ! Des sonorités si douces et si fraîches dans un monde si brûlant, c'était inespéré ! Je la pris dans mes bras et me mis à danser en répétant : « Angèle, Angèle, Angèle ». Elle riait et je pleurais de joie. Soudain, son regard s'assombrit, son visage devint grave, et j'entendis un bruit inhabituel : quelque chose venait d'entrer par la faille de la colline.

II

Quand la mère nous avait dit qu'on trouverait à manger dans c'te boîte, j'avais filé avec les chiards tout sautillant autour de moi. Ils n'avaient rien bouffé depuis des jours et je m'étais retenu d'en dévorer un ou deux. Forcément quand la pisseuse était sortie du ventre de sa mère, j'aurais croqué cette chair fraîche, si on n'avait pas eu cette piste de ravitaillement. On avait tracé un moment dans la direction que la mère nous avait indiquée, aux aguets, babines retroussées et blaire au vent. Mais au bout d'une demi-journée, on avait rebroussé chemin. Fausse piste. Je n'avais rien senti venir. Arrivés au bercail, personne ! La mère s'était barrée avec la gosse. J'étais furibard. Pour me calmer, j'ai enfermé les petits après les avoir assommés de trempes. Puis j'ai fixé les trois grands et je leur ai dit : « Si vous faites ce que je vous dis, je vous garde en vie ! Vous êtes de bons rabatteurs. On va aller chercher votre garce de mère et je vais lui faire passer l'envie de nous faire courir pour rien ! »

Avant de se mettre en route, le père avait dévoré les quatre petits, en partageant un peu avec les grands qui ne s'étaient pas fait prier pour se rassasier bruyamment de leurs petits frères et sœurs. Puis ils s'étaient mis en route. « Je reconnaîtrais l'odeur de cette chienne de traîtresse entre mille ! », avait dit le père, en filant ventre à terre, le nez collé à la piste, suivi de ses fidèles enfants. Ils n'étaient encore que des enfants, mais l'hostilité du monde dans lequel ils grandissaient et la brutalité de leur père leur avaient forgé des corps robustes et des caractères affûtés. L'homme cavalait en tête, sûr de la piste qu'il flairait, suivi de ses enfants obéissants. Soudain, un vrombissement se fit entendre et tous se jetèrent au sol, habitués aux attaques sournoises des mouches qui ne négligeaient jamais aucune aubaine de se nourrir.

Le dernier des enfants, le plus jeune et plus chétif des trois, le moins expérimenté aussi, n'était pas assez plaqué, et fut enlevé du sol par les pattes d'un insecte habile. Le ravisseur n'eut pas le temps d'emporter sa proie, arrêté net dans sa course par un coup de gourdin bien envoyé du père qui attrapa l'enfant lâché par la mouche K.-O. Cette dernière termina sa course dans la boue alors que le père lui assénait le coup de grâce en grognant un : « Bas les pattes, crevure ! » Puis il envoya les autres assaillantes au tapis, immédiatement achevées par les enfants qui n'attendirent pas que leur père les appelle pour se mettre à table. Ils lui cédèrent les bons morceaux et ne s'attardèrent pas, sachant que d'autres affamées pourraient arriver d'un instant à l'autre. Tout à leur repas, ils ne remarquèrent pas que leur petit frère se faisait enlever par une mouche qui avait repris ses esprits et le dévorait déjà en vol. Le père jura comme un charretier mais ils oublieraient vite le petit malheureux. Ils reprirent donc leur course, sans prendre le temps de s'apitoyer sur cette perte ni se féliciter de cette opération rondement menée, tant ce genre de rencontres était habituel. Certes, c'étaient des épreuves malencontreuses, pour les risques et les efforts engendrés, mais bienvenues pour les opportunités de nourriture qu'elles offraient à qui savait s'y prendre.

Ils couraient depuis déjà quelques heures quand le père s'arrêta, imité par ses enfants. Ils arrivaient au bout d'une colline tranchée par une falaise. Le père reniflait l'air. Les petits levaient le nez au vent et tous semblaient d'accord sur la direction à prendre pour retrouver la mère. Ils suivirent un moment une trace laissée par un corps traîné sur le sol et arrivèrent devant une silhouette gonflée. Les mouches ne l'avaient pas mangée. Elles avaient choisi de pondre leurs œufs dans la chair encore chaude, sans doute influencées par les hormones maternelles émises par la mère qui avait si récemment accouché. Le père renifla, cracha grassement sur sa femme en ajoutant : « J'aurais préféré te finir moi-même, traînée ! » Puis la troupe recouvrit le corps de boue.

On eût pu croire à un rite funéraire, mais il ne s'agissait là que d'une précaution pour éviter que le corps ne soit découvert par d'autres. Il suffirait de revenir dans quelques jours pour récolter les grosses larves juteuses au moment de leur sortie, lorsqu'elles seraient repues du cadavre, et les griller au bout d'un bâton dans le feu de camp. Les enfants adoraient ça !

En attendant, ils suivirent leur père qui remontait la piste, et fouillèrent méticuleusement l'endroit ou débutait la trace laissée par le corps. Ils retournèrent chaque caillou, inspectèrent chaque carcasse d'arbre mort, fouillèrent les fonds boueux, jusqu'à ce que l'aîné déniche une faille sous un squelette de varan couvert de lichens. Le garçon émit un chuchotement discret et tous s'approchèrent. Le père leur fit signe d'attendre pendant qu'il descendait.

Lorsque l'homme apparut, j'avais eu le temps de me cacher dans la pénombre par réflexe, mais Angèle était restée au milieu de la caverne. Elle faisait face à cette force de la nature qui devait mesurer au moins deux mètres et dépasser les cent kilos. Vu les conditions de vie du monde dans lequel nous survivions, ce devait être un gaillard assez rusé pour manger souvent à sa faim et sûrement toujours avant tout le monde. Il regardait Angèle avec colère et avidité. Je leur trouvais un air de ressemblance, quand je pressentis qu'il était peut-être son père. Je n'eus le temps ni de dire quoi que ce soit ni de bouger pendant qu'il s'approchait d'Angèle. Je vis seulement les yeux de la petite se retourner dans leurs orbites, puis du sang couler du nez, de la bouche et des oreilles de la brute épaisse qui s'affala bruyamment devant elle. Les yeux d'Angèle brillaient d'un éclat particulier et elle parut soudain fatiguée. Cependant, un sourire satisfait illumina soudain son visage et elle me tendit les bras, semblant dire : « Tout va bien, tu peux sortir de ta cachette ».

Deux grands garçons apparurent à l'entrée de la grotte et, voyant le corps de l'homme étendu sur le sol, baignant dans son sang, ils se jetèrent au pied d'Angèle et les embrassèrent en pleurant. Elle leur fit signe de se relever et leur dit : « Séchez vos larmes mes frères et débarrassez-nous vite de la carcasse de notre brute de père avant que son odeur nauséabonde n'attire les mouches et qu'elles nous repèrent. »

Les jours passaient et Angèle devenait une jeune fille presque aussi grande que ses aînés. J'étais impressionné par son intelligence et son charisme. Les garçons étaient à ses ordres et se révélèrent de joyeux compagnons pleins de ressources, particulièrement efficaces pour nous approvisionner en nourriture de toutes sortes. La présence de cette jeunesse rompait la monotonie de ma vie solitaire, et un air frais soufflait dans notre grotte isolée de la cruauté du monde extérieur.

Les enfants devinrent des adolescents ingénieux et Angèle complétait les idées de ses frères qui exécutaient ses plans. Mon antre fut ainsi progressivement équipé, par exemple d'un système de ventilation et d'une alarme anti-intrusion. Cette dernière s'avéra inutile tant qu'Angèle était avec nous, car son incroyable intuition la prévenait systéma-tiquement dès que quelqu'un s'approchait de notre refuge, même si les importuns ne trouvaient jamais la faille d'entrée dont nous avions renforcé le camouflage.

Mais un jour, Angèle nous réunit et nous annonça : « Vous avez remarqué que ma croissance est plus rapide que la vôtre. Je deviens une jeune femme et mon destin m'appelle à d'autres aventures plutôt que de rester auprès de vous. Je vous laisserai bientôt continuer ici votre existence pendant que j'irai poursuivre la mienne ailleurs ». Personne ne commenta cette annonce, tant elle semblait sans autre issue, pourtant, je sentis les garçons attristés autant que moi par la perspective de vivre sans celle qu'ils appelaient désormais « petite mère ».

III

Mon adorable père adoptif et mes frères chéris me manqueraient, mais je partis le lendemain sans les réveiller pour nous éviter de longs et douloureux au revoir. Je savais mes jours comptés, car ma croissance accélérée rimait avec vieillesse anticipée et mort certaine, à moins que je ne trouve un moyen de remédier à cette fatalité. Je pris donc la direction de l'est. En effet, avancer vers le levant me permettrait de remonter le temps et de gagner un peu sur ma fin annoncée.

Les premiers jours de marche furent à peine perturbés par quelques attaques de mouches. Je profitai du voyage pour découvrir mes talents et les affiner. Ainsi, je perfectionnai un cri rauque et puissant dont l'effet sur les mouches était fort appréciable. Il me suffisait de claquer ce son pour les voir tomber sans demander leur reste.

Ha oui ! J'oubliais, je dus me battre avec un routard un peu trop entreprenant à mon goût. Il m'avait prise pour une jeune fille sans défense, mais je lui flanquai une bonne correction. Il avait tenté de me faire la cour lourdement, avant d'essayer de me saisir avec les intentions les plus bestiales. Il ne s'attendait pas à ce que je riposte, et un éclair d'humiliation lui traversa les yeux lorsque je lui fis mordre la poussière en l'immobilisant avec une clef de bras qui lui arracha un râle de douleur. Je le maintenais fermement tandis qu'il grognait en essayant de se dégager. J'étais assez énervée du temps qu'il me faisait perdre. Je lui demandai s'il était capable de s'exprimer autrement qu'en grognant et, en guise de réponse, il se mit à couiner de plus belle, tout en rapetissant, à mon grand étonnement ! Ces cris me rappelaient ceux d'un petit cochon, et visiblement mes pensées étaient en train de le métamorphoser ! Ainsi, lorsqu'il ne fut plus qu'un petit goret, je relâchai mon étreinte et, bien qu'il fût craquant et que j'aurais pu en faire un adorable petit animal de compagnie, je balançai mon porc.

Les jours suivants furent plus calmes, et la traversée des zones désertiques me comblait de bonheur, tant ces paysages me ravissaient par leur beauté si pure. La douceur des nuances d'ocre m'enchantait et je pouvais contempler à loisir, car la chaleur écrasante dissuadait la plupart des voyageurs de passer par ces contrées. Pour ma part, j'avais la chance de bénéficier d'un halo de fraîcheur, généré semble-t-il par ma peau qui prenait en outre une belle teinte hâlée. Ensuite, je voyageais aussi souvent que possible à couvert, lorsque je traversais des régions où poussaient encore quelques arbres. Mais un jour où je m'enlisais dans un marais, je fus attaquée par une grande libellule. Je l'évitai de justesse et j'entendis ses mandibules claquer de colère. Un air me vint en tête et je lui chantai de plus en plus doucement :

« Grébeurzune calpétinia
flakrizonde aspéroujilié
armanita bragridavleu
coroniflu révidonka »

J'ignorais d'où me venait cette berceuse, mais la monstrueuse bestiole se mit à ronronner et se posa délicatement près de moi, en m'invitant d'un signe de tête à la chevaucher. Je saisis assez rapidement les rudiments nécessaires à son guidage, cependant, je compris aux sons qu'elle émettait, qu'elle voulait m'emmener quelque part avant de me véhiculer où je voudrais. Tout en survolant ce marais, que j'aurais mis des jours à traverser à pied, je constatai qu'une fois de plus je m'étais sortie d'une situation qui aurait pu être fâcheuse. J'étais bien contente de cette soudaine et naturelle compréhension des libellules. Mais je n'eus pas le temps de me satisfaire davantage de ces nouvelles compétences, car nous arrivions sur une île où ma monture me déposa.

Je fus d'abord surprise par la luxuriance de la végétation et la taille des arbres couverts de lianes qui bordaient la rive marécageuse. Je pénétrai dans cette épaisse forêt peuplée de sifflements puissants et de stridulations métalliques. La moiteur des lieux était acceptable et l'humidité offrait même une certaine fraîcheur. C'était vivifiant. De minuscules oiseaux voletaient de fleurs en fleurs, et des papillons aux couleurs lumineuses flashaient au milieu de cette ambiance dominée par un vert profond. J'avais le sentiment d'être de retour à la maison. Mes premiers pas dans ce havre de vie me remplissaient de joie et j'avançais sans me soucier de la direction à prendre, comme si j'étais déjà venue.

Cette sensation de déjà-vu me ramena à ma réflexion. J'étais bien consciente que certaines de mes qualités étaient exceptionnelles - en toute modestie, je devais bien constater que je me distinguais de mes semblables. Ma croissance accélérée me paraissait néanmoins cohérente avec l'étendue de mes connaissances qui ne cessaient de me surprendre, autant que la vélocité de mes réflexes. Ces atouts étaient séduisants mais, bien que j'aie pu observer un léger ralentissement de mon vieillissement depuis que je marchais vers l'est, je continuais d'avancer inexorablement vers ma fin.

Je me sentais à présent pleinement femme, alors que, d'après mes calculs, j'aurais dû être âgée d'environ deux ans ! Au début, le processus avait été rapide, quoique raisonnable, je croissais sans doute quatre fois plus vite que les enfants de mon âge, mais le phénomène s'était amplifié par la suite, prenant une allure exponentielle. Ainsi, depuis que j'avais commencé à devenir une jeune fille, quand chez mes frères apparaissaient les premiers attributs d'homme, j'avais senti une accélération dans mon corps et il me semblait vieillir d'une année chaque semaine. À ce rythme là, j'aurais soixante-dix ans d'ici une année. Le compte à rebours avait commencé !

IV

Chemin faisant, dans cette luxuriante végétation apparaissait une allée bordée de mousses soyeuses m'invitant à poursuivre. J'avançais respectueusement, sentant que j'entrais sur une terre sacrée. Les moelleux coussins moussus bordant le chemin étaient surplombés d'arbustes qui semblaient chuchoter des invitations et des messages de bienvenue. Pourtant, je ne saisissais pas la langue dans laquelle ils murmuraient, mais je dus me rendre à l'évidence, ils me susurraient des paroles délicieuses. Leurs branches se penchaient pour m'offrir les plus douces caresses et je me laissais apprivoiser par cet accueil aussi chaleureux qu'inattendu. Certaines branches me chatouillaient un peu. Toutes ces familiarités me déconcertaient et m'amusaient à la fois.

En avançant, je vis se détacher de la haie qui bordait le chemin, une sorte d'arbre qui de ses branches me faisait signe d'approcher. Lorsque je fus arrivée à sa hauteur, il m'accueillit solennellement : « Chère amie, soyez la bienvenue dans notre humble demeure. Considérez notre île comme votre foyer et ses habitants comme vos frères, tant qu'il vous plaira d'y séjourner. Nous vous savons animée de nobles intentions. Ceux qui viennent jusqu'ici sont appelés. Vous avez répondu à notre invitation et nous vous aiderons dans votre quête. »

Je remerciai chaleureusement mon hôte pour son hospitalité et, alors qu'il s'avançait dans l'allée, je le suivais, heureuse d'être là. Nous arrivâmes dans une clairière dans laquelle était disposé un cercle de très gros galets. L'arbre me fit signe d'avancer et je compris que ma place était au centre. Une brise légère faisait frissonner les feuilles des arbres alentour et une douce mélopée s'installa dans l'espace. Des infrasons montaient des entrailles de l'île et la clameur évoluait en chant polyphonique dont les sonorités me traversaient et m'habitaient à la fois. Les voix semblaient émises par les pierres qui m'entouraient. Je me laissais porter par cette mélodie, quand une voix grave se fit entendre : « Angèle, sois la bienvenue ! Tu dois être fatiguée de ton voyage et tu pourras bientôt te reposer, mais nous devons d'abord te dire ceci : ta récente naissance et ton expérience encore fraîche ne t'ont pas permis de saisir tout ce dont tu es capable. Bientôt tu retrouveras des mémoires enfouies et tu te souviendras de chacun de nous. Nous sommes les gardiennes et gardiens. Ancêtres de tout et de tous. Pierres aïeules et galets aïeux. Nous t'enseignerons ce que tu dois savoir pour accomplir ton destin. Nous t'accompagnerons dans ta quête. Va te reposer maintenant ». Et la clameur se poursuivit, lancinante, berçante. Je m'y abandonnai, confiante, posée dans ces mains amies.

Cette nuit-là, je fis des rêves sans contours ni souvenirs précis et je baignais dans une sensation voluptueuse comme je n'en avais jamais ressenti. J'aurais aimé que cet état dure mais je me réveillai, inondée de lumière, au milieu de la clairière. Les pierres veillaient, silencieuses. Je m'étirai et une femme apparut, flottant dans une grande robe vaporeuse. « Bonjour Angèle. As-tu bien dormi ? Te sens-tu reposée ? » Je bredouillai un remerciement teinté de sommeil et me levais mollement. « Tu auras encore du temps pour te reposer. Pour le moment, nous allons répondre à des questions que tu te poses sans doute. Je suis Mérédith, ton arrière-grand-mère. Nous appartenons à une vieille lignée de femmes dotées de quelques pouvoirs. Chez certaines, ils sont plus développés que chez d'autres. Ta maman était douée de grands talents, mais insuffisamment pour faire face à toutes les situations qu'elle a rencontrées. Tu pourras la revoir sur cette île, elle est avec nous. Quant à toi, tu fais partie de celles qui sont le plus dotées en capacités exceptionnelles. Ma grand-mère aussi est très puissante. Je te la présenterai. Mais tu dois d'abord accomplir ta quête et trouver le remède à cette accélération de ton vieillissement. Tu as sans doute compris qu'il s'agit d'un sort dont tu ne pourras venir à bout que seule. Nous pourrons t'initier à certains mystères mais tu en as déjà découvert de nombreux par toi-même. Pour commencer, je vais t'indiquer comment maîtriser les éléments. »

Angèle écoutait attentivement et observait son arrière-grand-mère avec affection. Mérédith avait un je-ne-sais-quoi dans le visage qui lui rappelait sa mère, les yeux sans doute, clairs et déterminés. Sa silhouette élancée se mit à flotter, et Mérédith invita son arrière-petite-fille à l'imiter. Les deux femmes valsaient dans la clairière et soulevaient les feuilles qui jonchaient le sol. Leur danse tourbillonnante fit monter les feuilles au-dessus d'elles et une spirale se forma, autour de laquelle elles tournaient et s'élevaient. Mérédith commentait ce phénomène : « Lorsque tu chevauches le vent, tu dois te concentrer sur ton souffle. L'air est une matière noble, mais fragile et susceptible, qui demande beaucoup de respect. Si tu traites bien le vent, il peut être un de tes plus sûrs alliés. » Puis elle redescendit et laissa les feuilles atterrir autour d'elles souplement.

Après cet exercice, Mérédith déclara : « Pour la suite, nous allons marcher un peu. » Et Angèle suivit son aïeule qui avançait d'un pas fluide et léger, se faufilant dans la forêt. Angèle aurait aimé caresser chaque écorce, grimper dans chaque arbre, palper chaque branche et embrasser chaque feuille. Elle se sentait attendrie par la présence de tous ces êtres qu'elle considérait déjà comme ses frères. Mérédith l'encourageait : « C'est très bien ma fille, tu apprends vite », comme si elle lisait dans les pensées de la jeune femme.

Puis elle souleva un rideau de lianes et une cascade apparut, tombant d'une haute falaise dans un grand bassin bordé d'une rive de sable satiné. Angèle lâcha un cri de surprise qui résonna en écho contre les parois qui les dominaient. Elle suivit Mérédith dans l'eau dont la température était idéale. Sur une grande feuille au bord de l'eau, Angèle reconnut la libellule qui l'avait déposée sur l'île. Mérédith incitait son arrière-petite-fille à se concentrer sur les éléments : « Goûte cette eau. Laisse-la te parcourir, s'insinuer, te raconter ce qu'elle veut t'enseigner. » Angèle se douchait comme si elle avait toujours vécu au pied de cette cascade et dégustait la caresse de l'eau. « Tu ne dois jamais contrarier l'eau. Ne la contrains pas. Tu peux la diriger mais n'oublie pas sa force. L'eau peut dompter la pierre, balayer la terre et moucher le feu. Lorsque tu auras besoin de son aide, elle saura terrasser tes adversaires. » Mérédith conclut en détournant le cours de la cascade, puis en la faisant remonter et tourner un moment, avant de la laisser retomber gracieusement à sa place. Angèle tenta d'imiter son arrière-grand-mère et réussit à faire monter une colonne d'eau, mais une fois qu'elle se courbait au-dessus de sa tête, l'eau retomba net, douchant la novice avec espièglerie ! « Tu t'entraîneras, et bientôt l'eau te jouera moins de tours », railla Mérédith.

« À présent, je vais te montrer comment apprivoiser la terre et la roche. » Et Angèle suivit sa professeure sur un sentier qui grimpait sur la falaise. Arrivées en haut, elles contemplèrent un instant l'île qui s'étendait sous leurs pieds. Angèle reconnut à l'ouest le marais qu'elle avait survolé et, depuis la rive, la forêt s'étendait et enveloppait la montagne sur le flanc de laquelle elles étaient perchées. Elles grimpèrent encore un moment avant d'atteindre une corniche qui entourait la bouche d'un volcan. Angèle resta stupéfaite face à la lave en fusion qui bouillonnait au fond du cratère. Mérédith la sortit de sa stupeur : « En montant, tu as senti la roche, les cailloux, la terre, la poussière, ces grains qui roulent, s'entrechoquent, s'agglomèrent.

Ton enfance trop courte n'a pas dû te laisser le temps de jouer avec la boue des flaques ni la vase des étangs, mais tu ne seras pas surprise de leurs qualités modelables. »

La vénérable prit dans une main une poignée de terre, la malaxa, jusqu'à lui donner la forme d'une boule qu'elle tailla du bout des ongles pour en faire un oiseau qui s'envola lorsqu'elle eut terminé. Puis, de l'autre main, elle saisit une poignée de pierres qu'elle broya pour lui imposer aussi une forme sphérique avant de la modeler en rongeur qui sauta sur l'épaule d'Angèle et vint lui ronronner dans le cou. « Terre et roche sont tendres et aimantes sous leurs aspects rugueux et saillants. Il ne faut pas hésiter à les malmener un peu pour les aider à révéler leur vraie nature. Lorsque tu les auras apprivoisées, elles te seront d'un grand secours dans bien des circonstances. Tu pourras alors aussi modeler des os, des troncs et des architectures de toutes tailles, pour peu que leur matière première soit liée à la terre ou à la pierre. Mais leur essence étant plus capricieuse, il te faudra davantage de temps pour les amadouer que l'air et l'eau. »

Enfin, Mérédith accompagna Angèle au bord de la caldeira pour son dernier enseignement du jour : « L'ultime élément que je pourrais t'apprendre à maîtriser est ici le roi, fort de son abondance. Je ne te ferai aujourd'hui qu'une modeste présentation des faveurs que l'on peut obtenir de lui, car si je le vexais à lui demander trop de démonstrations, il pourrait se fâcher. Une éruption serait fatale à cette île et nous y tenons beaucoup ». Ayant dit cela, les yeux de Mérédith se couvrirent d'un voile sombre, et elle se mit à déclamer une incantation cristalline dont les notes vibrantes venaient se précipiter contre les bulles de lave éclatantes dans le bouillonnement du cratère. Une bulle captura une note plus aigüe et la paroi rougeoyante sombre devint irisée, puis une fleur apparut dans un ravissement de pétales pourpres et ambrés. Au cœur de la fleur, une flamme bleu-vert étincela un moment, pistil de feu hérissé d'étamines de flammèches dorées de pollen scintillant. Puis la fleur de feu sombra dans le lac en fusion. Mérédith poursuivit un moment sa psalmodie, semblant remercier le volcan, puis elle sortit de sa transe et invita Angèle à redescendre : « C'est tout pour aujourd'hui, jeune fille. Rentrons. »

V

Les jours suivants, Angèle dégustait le réconfort de son nouveau refuge et perfectionnait ses capacités à commander aux éléments. Elle ne se lassait pas de sculpter l'eau et de jouer avec le vent. Elle parvenait à modeler quelques formes terreuses mais les pierres lui donnaient encore du fil à retordre. Elle tentait d'effriter un granit à distance quand elle entendit : « Tu dois garder à l'esprit que la roche te fait cadeau de sa matière et que tu lui offres une nouvelle vie. Ainsi, elle sera plus conciliante et tu pourras plus aisément lui donner la forme que tu souhaites. Elle pourra même parfois t'indiquer des voies plus judicieuses. » Angèle avait entendu cette voix pendant plusieurs mois et aurait pu la reconnaître entre toutes. Elle se retourna et sauta au cou de sa mère, dans un joyeux : « Maman ! »

« Ho ! Mon enfant ! Tu as tellement grandi. Quelle belle jeune femme tu es devenue !
- Merci Maman ! Comme je suis heureuse de te retrouver, tu m'as tellement manqué. Comment se fait-il que tu n'aies pas pu te sauver ?
- Ton père était un être de basse constitution et la cruauté de la vie l'a endurci. Tout en force physique, sa qualité la plus redoutable

était son pouvoir de séduction. Il n'avait aucune conscience de cette puissance et ne vivait qu'en réaction à son environnement, mais j'étais magnétisée, et son aura anéantissait mes pouvoirs. Je n'ai pas pu les développer tant que je vivais auprès de lui, et la seule chose que j'ai réussi à faire, c'est de mettre au monde de délicieux enfants.

- J'ai été obligée de tuer ce monstre, maman.

- Je sais, ma fille, nous avons accès ici à ce genre d'information, et je sais aussi que de ta fratrie il ne reste que tes frères aînés, qui vivent heureux auprès de celui qui nous avait recueillies à ta naissance. Mais tu dois pardonner à ton père. Garder de la rancœur à son encontre t'alourdit d'une charge inutile. Concentre-toi sur le présent, jouis du plaisir de vivre et partage ce cadeau. Je dois retrouver Mérédith et les autres membres du cercle des anciens pour une importante réunion. Je te laisse poursuivre tes entraînements. Tu reprendras ta route bientôt. »

Je tentai de la retenir, mais elle était déjà partie vaquer à ses occupations. Je suivis son conseil et je profitai du reste de la journée pour jouir de la vie sur cette île généreuse. Je ne cessais de m'émerveiller de la splendeur qui m'entourait. Tout ici contrastait tant avec le monde sec et craquelé que j'avais connu jusqu'à ce que j'atterrisse sur cette île.

Je visitais les abords de la cascade où j'aimais tellement me baigner. L'eau devenait mon amie au fil des jours. En écoutant ses remous, je savais si je pouvais ou pas la modeler à ma guise. Je perfectionnais la maîtrise de cet autre pouvoir qui m'avait permis de m'envelopper de froid dans les régions chaudes et je parvenais à geler la cascade pour y grimper avec joie. Parfois, alors que j'arrivais presque au sommet, l'eau reprenait sa forme liquide initiale pour me taquiner, m'entraînait dans sa chute mais, avant d'atterrir dans le bassin, je faisais remonter de nouveau la cascade pour me déposer en haut de la falaise. Là-haut, je passais des heures à contempler les créations naturelles de la lave pour la laisser m'apprivoiser, avant d'envisager de guider ses formes, bercée par les chuintements du lac de lave, ponctués des borborygmes du magma bouillonnant.

Ce soir-là, en redescendant pour passer la nuit dans la clairière, je passai près d'un arbre gigantesque que je n'avais encore jamais remarqué. Je m'assis un instant au pied des impressionnants contreforts de son écorce réconfortante. Sans le vouloir, je m'assoupis et je fis un rêve. J'étais dans les bras de mon père. Il me berçait en me chantonnant une berceuse, celle que j'avais chantée à la libellule qui m'avait déposée sur l'île. À mon réveil, je me sentais particulièrement légère et sereine. J'appris plus tard qu'il s'agissait d'un arbre à souvenirs qui offrait à ceux qui s'endormaient près de lui, des pans de mémoire qui leur avaient manqué. Les jours suivants, je revins pour me remémorer des éléments oubliés et, pour remercier l'arbre, je lui apportais, à chacune de mes visites, une sculpture de pluie dont il raffolait.

Au cours de mes pérégrinations sur l'île, je découvris un jour la rive opposée à celle par laquelle j'avais accosté. Je sentis d'abord une humeur morne m'envahir et les alentours prirent des allures ternes. J'avançais sur mes gardes, quand je vis se déplacer sur le sol, les rochers, les troncs et les branches, des centaines de formes flasques, larges comme des mains, et blafardes, comme éclairées par une lumière noire. Partout où ces structures gélatineuses passaient, traînant mollement leurs flaques opalescentes, une trace vide apparaissait à leur suite. Ce n'était pas comme si elles avaient laissé une empreinte de suie crasseuse, plutôt comme si elles ouvraient une brèche sur un ailleurs qui n'existait pas.

Je m'approchais prudemment pour les observer de plus près, mais en marchant sur une brindille, le son résonna dans la forêt et les formes se tournèrent toutes immédiatement dans ma direction. « Ne bouge surtout pas ! » m'ordonna une voix autoritaire. « À mon signal, tu retourneras le plus vite possible d'où tu viens… Prête ? MAINTENANT ! ».

Je courus aussi vite que je pus et, une fois hors de portée de ces créatures, je me rappelai avoir aperçu dans mon champ de vision un petit cochon jeté en pâture à ces choses étranges, qui se ruèrent sur l'intrus dans un fracas de grognements vite étouffés. Puis je m'étais sentie emportée par des bras solides.

Un homme-oiseau venait de me sauver la vie, et il se tenait à présent devant moi, reprenant son souffle, nonchalamment appuyé au tronc d'un arbre, ses ailes repliées dans son dos. Son corps était couvert de plumes colorées, alors que dans mon souvenir de ce qui venait de se passer, il portait des couleurs moins voyantes. En guise d'explication, il me dit : « J'ai la chance de maîtriser l'art du camouflage. Ne me remercie pas, j'ai déjà sauvé d'autres vies et tu auras en ton heure l'occasion d'en sauver aussi. » « Merci quand même », répondis-je, en vérifiant que j'étais entière. « Tu n'as pas à t'inquiéter, la situation est sous contrôle. Mais ne t'avise pas de revenir de ce côté seule ».

Puis l'homme-oiseau me raccompagna à la clairière où je m'endormis bien vite, épuisée par tant d'émotions.

VI

Le lendemain, je me réveillai au milieu du cercle des ancêtres. Je reconnus la voix de Mérédith : « Angèle, tu vas bientôt reprendre ta quête et nous comptons sur toi pour nous aider car nous nous apprêtons à livrer une bataille qui risque de nous coûter beaucoup. »

Je n'eus pas le temps d'en demander davantage que mon arrière-grand-mère poursuivait : « Tu as découvert hier ce que nous nommons les sangsues du vide. Lorsque mes arrière-grands-parents étaient enfants, notre planète respirait correctement et abondait en ressources disponibles pour tous. Malheureusement, certains clans s'accaparèrent l'essentiel des richesses au détriment de la majorité de la population. Ces mêmes clans égoïstes développèrent toutes sortes de technologies et de matériels que tu n'as pas connus et qui, pour la plupart, s'avérèrent inutiles avec le temps. Hélas, l'accumulation de ces objets devint une plaie impossible à traiter. Cette matière recouvrit de grands territoires et se perdit dans les océans. La température de la planète augmentait, les eaux s'acidifiaient, et cette matière envahissante se désagrégea lentement. Nos ancêtres espéraient qu'elle finirait par disparaître. C'était sans compter sur les résidus de mémoires technologiques éparpillés dans cette masse imposante. Les particules dégradées et des vestiges d'intelligence artificielle fusionnèrent. Apparurent alors de nouveaux micro-organismes que des observateurs identifièrent d'abord dans les profondeurs des mers. Puis des cellules s'assemblèrent pour constituer de nouveaux organismes. Ces formes autonomes ont commencé à se déplacer lorsque ta mère était enfant, et les envahisseurs gagnent du terrain, profitant du recul des eaux. Ces créatures sont dotées d'une intelligence élevée. Ce sont des prédateurs redoutables, comme tu as pu le constater hier, et leur intention semble claire : effacer notre monde ! »

Une autre voix, celle d'un des galets aïeux, poursuivit : « Méfie-toi de ces parasites, chère Angèle. Tu as eu la chance d'être secourue par Garuda hier. Si une de ces créatures t'avait touchée, tu aurais disparu. Nous avons déjà de nombreuses pertes à déplorer. Or, ta quête nous intéresse particulièrement. En effet, nous savons commander aux éléments mais nous n'infléchissons pas encore le temps. Tes recherches pour enrayer la course qui accélère ton vieillissement pourraient bien nous apporter quelques éclairages. C'est pourquoi, afin de faciliter ton voyage et t'assurer un retour rapide parmi nous, il nous serait agréable de te confier à Garuda, si tu n'y vois pas d'inconvénient. »

J'acquiesçai et une autre pierre aïeule ajouta : « Nous aurions aimé t'accompagner mais nous avons besoin de concentrer toutes nos forces ici pour éviter la propagation de ces flasques intruses. Je suis ta grand-mère Alexandra, et je vais te transmettre tout ce que je sais sur l'art du combat, au cas où tu ferais de mauvaises rencontres.

- Quant à moi, Jacob, ton arrière-arrière-grand-père, je m'attacherai à te fournir toutes les cartes dont nous disposons pour ton périple.

- Tiens, Angèle, me dit l'ancêtre suivante qui s'appelait Hildegarde, la mère de Mérédith, voici un exemplaire de la flore que j'ai réalisée. Tu y trouveras toutes les plantes comestibles connues, ainsi que les plantes médicinales. Garuda en connaît déjà certaines et je te confierai quelques potions avant ton départ. Ton chaperon est par ailleurs un admirable chasseur. Vous ne devriez manquer de rien.

- Merci à tous pour votre soutien, vos conseils et vos cadeaux précieux. Je partirai tout à l'heure en direction de l'est et j'emporterai avec moi votre amitié. J'espère revenir bien vite et que mon expérience vous sera utile. »

Je n'avais aucune idée des dangers qui m'attendaient et c'était sans doute mieux ainsi. Je reçus les préparations promises, puis Garuda s'approcha pour m'emporter vers l'inconnu. Mon temps était compté, je fêterais bientôt mes trente-cinq ans.

VII

Je plongeai mes doigts dans le plumage soyeux de Garuda et serrai mes bras autour de son poitrail d'oiseau. Assise contre son dos, j'appréhendais ce voyage. Quels dangers nous attendaient ? Trouverais-je un moyen pour ralentir mon vieillissement ? Serais-je à la hauteur des attentes des anciens ? Aurais-je la chance de trouver ce dont ils avaient besoin ? Toutes ces questions s'envolèrent au moment du décollage ! Mes mains goûtaient le mouvement des muscles de Garuda qui déployait ses ailes et les faisait battre pour nous arracher d'un bond à la clairière. En un instant, le cercle des anciens n'était plus qu'un œil dans l'épaisseur de la forêt qui contemplait notre départ. Déjà nous survolions le volcan et j'admirais les nuances moirées de la lave bouillonnante. Au delà s'étendait l'inconnu. Garuda volait souplement, glissant sur les courants, évitant les turbulences, silencieux.

Nous progressions au-dessus d'une vaste région alternant marais boueux et dunettes de sable. Ce paysage était déchiqueté de zones vides, laissées par le passage des sangsues. Elles avalaient tout, plongeant dans l'oubli tout ce sur quoi elles passaient. Plus nous avancions, plus le paysage disparaissait. Les déchirures épaississaient, formant des fleuves noirs qui se déversaient dans un océan d'ignorance. Nous survolions les dernières rives de vase et de sable avant d'entamer une traversée dont nous ne connaissions pas l'issue. Une autre berge existait-elle encore au-delà de cette absence d'horizon ?

Nous volions au-dessus de vagues sombres. Elles formaient au loin un voile éteint, rejoignant le ciel dont les couleurs se diluaient dans ce rideau aspirant tout. Notre exploration en surface me semblait vouée à l'échec. Le vide montait par endroit en crêtes avides. Garuda évitait de s'approcher de ces langues acérées. Notre vol prenait des allures chaotiques et je me cramponnais, serrant plus fort mes cuisses autour des hanches de l'homme-oiseau et mes bras autour de sa poitrine. Je ne doutais pas des capacités de Garuda à nous éviter d'être happés par cette masse ténébreuse, mais je me sentais attirée par le vide. Je devais aller voir. Inutile d'expliquer à Garuda. Il avait compris. Il ne me retiendrait pas. Je devais accomplir mon destin. Il m'avait accompagnée où je devais aller et il retournerait auprès des anciens. Je relâchai mon étreinte et caressai une dernière fois le doux plumage. Une plume se détacha et je la glissai contre mon cœur. Puis je plongeai.

VIII

Le chemin du retour avait semblé plus court à Garuda. Ce n'était pas dû au peu de poids qu'il avait transporté à l'aller quand Angèle le chevauchait, mais les rives de l'océan du vide avaient gagné du terrain et les sangsues remontaient les fleuves comme des saumons cherchant leurs frayères de naissance. Les dunes avaient disparu et les marais cédaient du terrain. Au loin, un quart de l'île était déjà effacé. Lorsqu'il atterrit, les ancêtres étaient sur le pied de guerre. Ils avaient quitté leurs sereines apparences de pierres pour endosser des formes plus mobiles. Les plus anciens tenaient conseil dans la clairière devenue quartier général tandis que les plus vaillants étaient déjà sur le front.

Garuda n'attendit pas qu'on lui indique la direction. Il décolla sans tarder et retrouva Mérédith, Alexandra, Jacob et les autres, derrière le volcan dont la base commençait à disparaître. Les uns dressaient des murs de vent, pour repousser la marée avide qui progressait insatiablement, affamée. D'autres amoncelaient des remparts de terre et de pierres, savamment agencées. Certains éloignaient les sangsues en leur projetant des déferlantes d'eau ou des boules de laves.

Pourtant, aussi rapides soient-ils, et bien que leurs actions soient visiblement efficaces, Garuda estima qu'ils ne tiendraient pas longtemps dans cette posture.

Il retourna auprès des anciens pour les informer de la situation au moment où un groupe d'étrangers débarquait : « Aidez-nous s'il vous plaît ! Notre île a été effacée… » Ils furent chaleureusement accueillis, et tous se mirent à l'œuvre pour que pareil sort n'arrive pas ici. Ces renforts étaient bienvenus. La situation était critique, mais grâce à eux, elle n'était plus désespérée.

IX

a

r

c

h

i

v

e

r

ou

b

l

ier

perd

limb

vi   de

r en

ab

s   en   jam

s

o   s

so l

a t   i   o   n

perd

tris

oubl

bandon

chute

est ce   fin

        Quelq   avant la   ?

esp ce d'atten   dimensi   sans
        matier ni temp
    horizo
pa de vertic   plus

        Comment   j atterri   ?

combien de temps   erré   cet espace ?
   réellement été effacée ?
  Mon corps   disloqué ?
            Ai-je fondu ?

Le monde que j'ai connu pourrait-il décrire celui dans lequel je me trouve ? Peut-on appeler cela un monde ? Quelqu'un a tourné l'interrupteur sur off. Je me suis perdue.

Pourtant ce n'est même pas noir. C'est le règne de l'absence de tout. Du rien partout. Plus que la nuit. Rien à toucher. Aucun bruit.

Ce fut un passage du tout au rien.

Je basculais soudain de cette vie pleine de sensation au vide absolu. Je chutais dans

Je fus d'abord submergée par cette indescriptible absence de tout. La sensation de n'être entourée de rien était vertigineuse. Je n'avais jamais ressenti une si profonde tristesse. Même mon corps avait disparu. Comment pouvais-je en avoir conscience ? S'il me restait un peu d'esprit, l'espoir n'était pas loin. Étais-je en train de me reconstituer ? Existait-il dans cet univers des régions moins vides où l'on pouvait se rassembler ? L'exploration de ces questions semblait me rendre consistance. Je me retrouvais un peu.

Un petit air me revenait, celui que j'avais entendu dans la forêt, la mélopée des pierres aïeules et des galets aïeux. Je me réconfortais dans leur souvenir. La clameur me reposait. Je me sentais progressivement régénérée. Bercée par le chant de mes ancêtres, je valsais lentement dans la petite musique de mes souvenirs. Je me remémorais la sensation du vent dans mes cheveux. Je me rappelais la caresse de l'eau sur ma peau. Le grain de la terre dans mes mains. La chaleur du feu dans mes yeux. Mon corps me revenait. D'autres souvenirs m'entouraient.

Je sentis que je touchais le fond et je donnais un coup de rein pour remonter. Je m'accrochais à des réminiscences. Le chant des anciens, le parfum du désert, l'humus des forêts, la voix de ma mère, les bras de Garuda. Etais-je amoureuse ? Je ne m'en étais pas aperçue. Pourtant, en repensant à lui, mon cœur fit un bon et tout s'éclaira autour de moi.

Avant d'atteindre la surface, je perçus un crépitement. Une tension circulait quelque part et je suivis ce souffle grinçant jusqu'à sa source. Au loin, se profilait une forme vibrante, un continent grouillant, palpitant, et couvert de nervures ponctuées de flashs pointus. J'hésitais, saisie de craintes, mais je devais m'approcher pour identifier de quoi il s'agissait.

Je n'avais jamais rien vu de tel ! Des fils, des câbles, et des barbelés électriques enchevêtrés, formaient un gigantesque filet. C'était la plus volumineuse pelote qu'on puisse imaginer et je ne parvenais à en voir qu'une infime partie. Derrière ces mailles serrées, des milliers de vies volées, aspirées, pompées, étaient entassées, enfermées là. Des vies de cloportes, des vies de cafards, des vies de paons, des vies de grues, des vies de protozoaires, des vies lumineuses, des vies regrettables, des vies de pacha, des vies végétatives, des vies explosives, des vies de danse, des vies chercheuses, des vies baladeuses, des vies rampantes, des vies d'orgueil, des vies d'ordures, des vies de don, des vies de dingues, des vies hagardes, désolées, abattues, résignées.

Et toutes ces vies défilaient, erraient au milieu de jardins zen, de parcs d'attractions, de musées à ciel ouvert, de concerts de rock, de spectacles de rue, d'orchestres symphoniques, de collections de tableaux, de nuages, de papillons et de pierres précieuses, des catalogues de meubles, des marchés aux puces, des chiens en laisse, des flamants roses, des otaries à fourrures, des levers de lunes sur des lacs étincelants, des feux d'artifices, des gâteaux d'anniversaires, des rivières poissonneuses, des prairies fleuries, des skateparks flambant neufs, des immeubles de cent étages, des cols enneigés, des temples de toutes sortes, des plages bondées, des stades remplis, et tout ce monde, cette foule immense, cette masse flottante croupissait là, au fond de cet oubli sans fin, dans ce gigantesque emballage dont émanait une puanteur de désespoir et de peur.

Soudain la forme frissonna, émit quelques clignotements crépitants, et une excroissance se forma en me pointant. J'étais repérée.

Je rassemblai toute l'énergie monstrueuse des regards creux que je venais de croiser, et je m'enveloppai de cette détresse en guise de camouflage. Puis je retournai aussi vite que possible vers la surface. Tout en filant comme une torpille, je tentai de me reconstituer. Le souvenir de la plume de Garuda me revint et raviva mon cœur. Je sentis mes os se réunir, mes organes se régénérer, mes muscles s'actionner, j'étais mieux dans ma peau, et j'émergeai hors du vide en poussant un cri de joie. Je courus un moment avant de m'affaler sur le sol pour reprendre mon souffle. Mais je ne devais pas m'attarder, je sentais les sangsues à mes trousses. Elles m'avaient filée et j'en avais repoussé plusieurs en leur envoyant des décharges de vide que je parvenais à maîtriser en fuyant. Elles gagnaient du terrain, et s'apprêtaient à me recouvrir, quand un courant d'air me frôla. Je concentrai ce vent bienvenu, pour m'emporter loin de cette indicible horreur, et je poursuivis ma route en planant jusqu'à l'île des anciens.

X

Lorsque je parvins à proximité de l'île, elle semblait avoir disparu aux deux tiers. Depuis que j'étais revenue au monde, j'avais réfléchi au meilleur moyen de nous libérer de cette invasion. Il fallait désactiver les entrelacs électriques pour que les prisonniers puissent s'évader. La marée vorace devait être stoppée, et quelque chose me laissait penser qu'en déréglant le système nerveux enveloppant les mémoires encloses, on arrêterait la progression des sangsues. Mais comment venir à bout d'un tel maillage ?

Enfin j'atterris sur l'île, et les anciens m'accueillirent à bras ouverts. Ils s'insinuèrent dans mes pensées, pour lire mes souvenirs plus rapidement que si je leur avais raconté mon exploration. Certains ne purent retenir leurs larmes en découvrant le filet contenant les vies perdues. Lorsqu'ils eurent tout examiné, le plus sage déclara : « Ce n'est pas la ruse de ton camouflage qui t'a sauvée, mais ta détermination et la plume que tu portais sur le cœur. Cette empreinte d'amour et ton courage sont des protections imparables contre les sangsues ».

Et une aïeule poursuivit : « Bon sang, mais c'est bien sûr ! Nous devons remplir d'amour ce vide ! Au fait Angèle, as-tu trouvé comment ralentir la précipitation de ton vieillissement ?

- Oui, il semble que ma vie a repris un cours normal, si je puis dire, depuis que j'ai osé aller au fond du vide et que j'ai réalisé que j'étais amoureuse.

- À la bonne heure, cela confirme mon hypothèse, voilà notre botte secrète ! »

Après discussion, il fut décidé que Garuda et une escadrille de libellules iraient dans toutes les directions, transmettre le plan aux habitants des autres îles. Certaines n'existaient déjà plus certainement, mais des exilés avaient sans doute trouvé refuge chez leurs voisins, et pourraient leur prêter main-forte. Lorsque Garuda reviendrait, il partirait avec Angèle pour agir dans le vide, pendant que les résidents des îles combattraient en surface.

Ainsi, Mérédith et ceux qui étaient près de la bouche du volcan commencèrent à se préparer. Ils orientaient le vent, l'eau et la terre avec les meilleures intentions de leurs cœurs, vers les bulles de magma. Ils chargeaient la lave d'ondes d'amour. Les occupants des dernières îles, informés à temps, faisaient de même. Pendant ce temps, les anciens réunis à la clairière augmentaient la puissance de leur clameur et dirigeaient notamment les infrasons en direction des autres îles pour que leurs habitants se tiennent près. Les volcans des sept dernières îles se mirent à trembler en même temps, les caldeiras libérèrent des panaches de fumée et le sol fut parcouru d'un vrombissement continu. L'air s'emplit d'un grondement sourd, survolé par le chant des ancêtres des îles en chœur. Les volcans étaient sous pression.

XI

Angèle sauta sur le dos de l'homme-oiseau dès son retour et ils filèrent au plus vite vers la zone de vide qu'Angèle avait explorée. Cette fois, ils plongèrent ensemble. Arrivés près du filet géant, ils s'enlacèrent et s'offrirent tout ce qu'ils avaient de douceur et de tendresse. La réaction du vide fut immédiate : le néant se recroquevilla un instant et le filet crépita davantage.

En surface, le flot de sangsues accusa un violent ressac dans un hurlement furieux. Les anciens en conclurent que le moment était venu. Les occupants des îles lancèrent une dernière brassée d'amour dans les flots de lave bouillonnants et les sept volcans éclatèrent tous ensemble.

La déflagration fut telle que les anciens la qualifièrent de spectrale. Tout fut balayé en un clin d'œil. Le séisme décolla les sangsues de leurs supports et les explosions de laves en grillèrent de nombreuses. Les anciens avaient pris soin de reprendre leurs formes minérales au signal et attendirent la fin des éruptions en chaîne.

Pendant ce temps, Garuda et Angèle continuaient de s'embrasser. Leur amour, ajouté aux déflagrations spectrales venues de la surface et propagées sous les racines des volcans, amplifiait les vagues de répliques qui s'enchaînaient et enveloppait le filet géant d'irrésistibles caresses. La force inouïe de cette gigantesque étreinte secoua tellement le maillage qu'il explosa dans un feu d'artifice de grésillements enragés.

Les particules éparpillées ne résistèrent pas à la surcharge de tensions sensuelles et se fondirent dans le vide qui refluait à vue d'œil. Ce fut un nettoyage aussi incroyable qu'efficace. Titanesque.

Les vies libérées reprenaient leur souffle. Des enfants couraient dans tous les sens, des femmes embrassaient des hommes, des mères faisaient valser leurs fils, des pères enlaçaient leurs filles, des guitares s'accordaient avec des clarinettes, des tables se dressaient pour des banquets de fêtes. L'amour rejoignait la surface.

XII

Au lendemain de la première extase mondiale, un vent nouveau soufflait sur une petite planète qui avait failli disparaître. Après l'éruption en chaîne des sept volcans, un orage avait éclaté et une pluie abondante avait reverdi les terres desséchées. Les sangsues du vide, devenue pleines, refluaient vers leurs eaux familières et retournaient à leur tâche de nettoyeuses de fonds. La vie reprenait ses droits. La nature triomphait, et partout s'élevaient des clameurs de joie. Les hommes de la surface sortaient de leurs cachettes et retrouvaient leurs chers disparus. Des vols d'oiseaux striaient le ciel, et la végétation s'ébrouait pour accueillir le retour du soleil.

C'est dans cette aube fraîche qu'Angèle pondit un bel œuf. Elle le couva dans un nid que lui avait construit Garuda. Tout en gardant son petit bien au chaud, Angèle se voyait déjà poursuivre son chemin, propager cette émancipation nouvelle, transmettre ce que cette expérience lui avait enseigné, la contemplation des éléments, le pouvoir de l'audace et la puissance de l'amour. Repensant aux événements qu'elle avait traversés, elle dit à Garuda : « Nous devons rester vigilants. Chacun peut agir à son niveau les uns avec les autres. Moi j'irai sur les routes, partager ce que les anciens m'ont offert et ce que j'ai compris en osant affronter mes peurs. En attendant, notre petit d'homme-oiseau brisera bientôt sa coquille pour découvrir ce monde en paix, de ses propres ailes. Et je sens qu'elle sera une merveilleuse dame-oiselle. »

Merci à mes généreuses muses pour leur inspiration patiente, à Ilam pour sa mouche et ses encouragements, à Rachel pour son amour et son écoute éclairante, à celles et ceux qui me confient leurs histoires, à Sandrine et Jean-Marc pour l'incroyable graphène, et à Pascale, Alain et Marie-Jo, pour leur relecture précieuse.

Du même auteur :

Empreintes, recueil de nouvelles - novembre 2017
Éditions BoD - Books on Demand
ISBN : 978-2-322-10014-9

Mémé Justice, petit roman policier - novembre 2018
Éditions BoD - Books on Demand
ISBN : 978-2-322-08999-4

Libérez la page blanche ! Jeux d'écritures - nov. 2018
Éditions BoD - Books on Demand
ISBN : 978-2-322-16618-3

Retrouvez d'autres textes sur :
https://lescrisdujour.blogspot.com

Quête à rebours, un conte presque merveilleux
Imprimé à compte d'auteur par Benoît Houssier
Éditeur : BoD-Books on Demand,
12/14 rond-point des Champs Élysées,
75008 Paris, France
Impression : BoD-Books on Demand,
Norderstedt, Allemagne
ISBN : 978-2-322-03201-3
Dépôt légal : août 2019